# オールド・ポッサムの抜け目なき猫たちの詩集

OLD POSSUM'S BOOK OF PRACTICAL

# CATS

T. S. Eliot

Illustrated by Aquirax Uno

T.S.エリオット 詩　宇野亞喜良 画　佐藤 亨 訳

球形工房

# オールド・ポッサムの抜け目なき猫たちの詩集

もくじ

Old Possum's Book of Practical Cats
by T. S. Eliot © 1939
Originally published in English by Faber and Faber Ltd.
Published by arrangement with Faber and Faber Ltd., London
through Tuttle-Mori Agency, Inc., Tokyo

本書を、激励、批判、提案をとおして執筆を支えてくれた友人たちに捧ぐ。とりわけ、T・E・フェイバー氏、アリソン・タンディー嬢、スーザン・ウォルコット嬢、スザンナ・モーリィ嬢、そして、白いゲートルを巻いた人に。

――――O・P・

# 猫を名づける

猫の名づけはやっかいだ
　休日の気晴らしとはいかない
猫には三つの名前が必要、と言ったら
頭がどうかしていると思われそう
一つ目は家族が日々、呼ぶ名前
　ピーター、オーガスタス、アロンゾー、ジェイムズ
ヴィクター、ジョナサン、ジョージ、ビル・ベイリー
すべて、それとわかるありふれた名前
二つ目は響きがすてきでみやびな名前
　紳士向きもあれば、淑女向きもある
プラトン、アドメートス、エレクトラ、デーメーテール
　これだって、それとわかるありふれた名前

でもぜったいに、猫にはもっと特別な名前が必要
　固有の、より威厳がある名前が必要だ
でないと、しっぽを垂直に立てる意味などない
ぴんと髭をのばし、誇りを胸に秘める意味もない
そういう名前なら、選りすぐりがある
　マンクストラップ、クワクソウ、コリコパット
ボムバルリーナにジェリローラム
　つまり、その猫だけの個別の名前
でも、そのさきにさらなる名前がある
　それはきっと思い浮かばない
人知のおよぶ範囲を越えた名前
　猫自身はご存知だが自分からは言わない
猫がもの思いに沈んでいることがあるだろう
　理由は、まったく、いつも同じ
沈思黙考、無我夢中
　考えに考えて、考え抜いているのは自分の名前

得も言われぬが得も言える
得も言えるが得も言われぬ
深遠で不可解な独自の名前

# オールド・ガンビー猫

ガンビー猫をおぼえてる、名前はジェニエニドッツ
その雌猫の毛柄はぶち、虎の縦じま、豹の黒点
日がな一日お座り、階段、踏み段、ドアマット
座り、座り、座り、座り続け、だからガンビー猫

そんなガンビー、おもむろに仕事を開始
昼のヤッサモッサが終わったとき
家族全員、寝静まったとき
スカート捲《まく》しあげ、半地下へと忍び足
鼠の品行、気になって仕方がない
行儀は悪いし、作法もよくない
だからマットのうえ、鼠、一列に並ばせ

講釈の開始、音楽、かぎ編み、レース編み

ガンビー猫をおぼえてる、名前はジェニエニドッツ
あんな猫は二匹といない、お日様さんさん、ぽかぽかが大好き
日がな一日お座り、暖炉わき、陽だまり、わたしの帽子のうえ
座り、座り、座り、座り続け、だからガンビー猫

そんなガンビー、おもむろに仕事を開始
昼のヤッサモッサが終わったとき
鼠たちがさっぱり静かにしないのは
不規則な食事のせいだと合点
万事やってみるのがだいじ
さっそく着手、焼いたり、揚げたり
さあできあがり、パンと乾燥豆の鼠用ケーキ
赤身のベーコンとチーズの、とびきり美味な炒め物

ガンビー猫をおぼえてる、名前はジェニエニドッツ
カーテンのひも、いじるのが大好き　巻いて結わえて水夫結び
窓の敷居に座っている、でこぼこのない平らなところ
座り、座り、座り、座り続け、だからガンビー猫

そんなガンビー、おもむろに仕事を開始
昼のヤッサモッサが終わったとき
ゴキブリには雇用が必要と思いこむ
怠慢、やりたい放題、破壊の防止
荒くれどもを一つにたばね
みごとな統制、少年援軍隊を結成
生活に目的をもち、善行を旨《むね》とする
あげくにゴキブリ帰営ラッパの行進曲まで作ってしまった

さあ、オールド・ガンビー猫に万歳三唱
家事万端、秩序整然はこの猫のおかげのよう

# グラウルタイガー、背水の陣

グラウルタイガー、この刺客猫は御座船《ござぶね》で移動
猫界きっての荒くれ者で、気ままに渡り歩いてきた
グレイヴズエンドからオックスフォードへ、悪事を重ねて西東
「テムズの厄介者」と悪名もつが、自身はご満悦

行儀も、見た目もいただけない
毛皮は破れてみすぼらしい　膝はだぶだぶ締まりがない
耳の片方、千切れてる　わけは説明無用
世間に煙たがられ、睨みかえすは独眼竜

ロザーハイズの農家の人びと、こいつの評判を耳にした
ハマースミスとパトニーの住民、名前聞くだけで震え上がった

「グラウルタイガー、大暴れ」、この噂が川岸に伝わり
家禽小屋を補強して、のんきな鵞鳥をしまい込む

さあたいへん、弱いカナリヤ、バタバタ籠から出てしまった
さあたいへん、甘ったれペキニーズ、怒るグラウルタイガーと鉢合わせ
さあたいへん、外国船のオニネズミ、急にそわそわしだす
さあたいへん、猫という猫、グラウルタイガーはつかみかかる

なかでも異国の猫は大の嫌い、虫唾《むしず》が走る
異国風の名、異国の種《しゅ》なら、どこにいようが容赦しない
だからペルシャ猫やシャム猫は恐怖の視線を向ける
さもありなん、耳千切ったのはどこかのシャム

さて、平和な夏の夜、世は安泰、こともなし
月のやわらかい光のなか、御座船はモールジーに碇泊
おだやかな月光につつまれ、潮の流れで揺れている

グラウルタイガー、なんだかおセンチになってきた

仲間の高飛車グラムバスキン、早々に消え
ハンプトンの居酒屋ベルで髭を濡らす
甲板長タンブルブルータスもトンずら
居酒屋ライオンの裏庭で獲物を探す

船首の倉のなか、グラウルタイガー、ひとり座ってた
思い浮かべるはレイディ・グリドルボウン
ガラ悪い船乗り猫ども、樽のなか、寝台で眠ってた
そのときだ、シャム猫団、小舟、帆船で忍び寄る

グラウルタイガー、グリドルボウンにもうぞっこん
レイディはレイディで、男性バリトンにもううっとり
気分はゆったり、不意打ちなどは想定外
とはいえ、月の光が照らしだす、千もの青い眼と眼と眼

じょじょに小舟は寄ってきて、じわりじわりと包囲する
とはいえ敵の陣営は、ものおと一つ立てやせぬ
恋する二匹は二重奏、命の危険もなんのその
一方、敵は重装備、パン用フォーク、肉用ナイフ携える

そのときだ、ギルバート、獰猛《どうもう》モンゴル族に合図を送る
花火がさく裂、中国族、集団で船に乗り込む
小舟、手漕ぎ船、帆船、そこから降りてまっしぐら
昇降口を当て木でふさぎ、乗組猫は寝台に缶詰

グリドルボウンは金切り声、すっかりおびえる
お気の毒だが、彼女は退散、すぐに姿を消してしまう
なんとか逃げおおせただろう、溺れるはずなぞあるもんか
男一匹、グラウルタイガー、きらめく剣の輪に囲まれる

敵は容赦せず、列を作ってつぎからつぎへ
びっくり仰天、グラウルタイガー、板の上を歩く羽目に
これまで百もの獲物を追い詰めた、あの海に突き出る絞首台
罰がくだって、右に、左に、ギッコン、バッタン

その噂、全土を駆けめぐる　ワッピングでは喜びに沸いた
メイデンヘッドとヘンリー、岸辺では踊りが始まり
ブレントフォード、ヴィクトリア・ドック、鼠の丸焼きのおふるまい
シャム猫の故郷のバンコック、その日が祝日に制定された

# ラム・ラム・タガー

ラム・ラム・タガー、変わり者
雉が出されると、雷鳥がいいと言い
一軒家に入れると、アパートを好み
アパートに入れると、一軒家がいいと言いだす
二十日鼠を出すと、溝鼠《どぶ》がいいと言い
溝鼠を出すと、二十日鼠を追いかける
そう、ラム・ラム・タガーは変わり者
　だからどなりつけても無駄
　　あの猫ときたら
　　　やりたい放題
　　　　もうお手上げ

ラム・ラム・タガー、もううんざり
なかに入れると、そとに出たがり
ドアというドアの反対側に陣取り
室内に入るや、外出したがる
たんすの引き出しがお気に入り
でも出られないと、大騒ぎ
そう、ラム・ラム・タガーは変わり者
　だからあやしんでも無駄
　　あの猫ときたら
　　　やりたい放題
　　　　もうお手上げ

ラム・ラム・タガー、変わり者
つっけんどんは習い性
魚を出せば、ごちそうをねだり
魚がないと、ウサギさえ食わぬ

クリーム出しても鼻であしらう
自分で見つけないと気が済まぬ
だから、戸棚の奥に隠してごらん
首まではいって探しだす
ラム・ラム・タガー、ずるくて利口
抱っこなんかは好きじゃない
でも針仕事のときには膝に飛び乗って
しっちゃかめっちゃか、かき回す
そう、ラム・ラム・タガーは変わり者
　だからうるさく言っても無駄
　　あの猫ときたら
　　　やりたい放題
　　　　もうお手上げ

# ジェリクル族の歌

ジェリクル猫、今夜お出かけ
ジェリクル猫、三々五々
ジェリクル月が輝くなか
ジェリクル舞踏会にお出かけだ

ジェリクル猫は黒と白
ジェリクル猫はいくぶん小柄
ジェリクル猫は陽気で明るい
みゃーお、みゃーおも、耳によし
ジェリクル猫は元気なお顔
ジェリクル猫の黒眼はらんらん
歌と作法のお稽古、大好き

ジェリクル月の月の出待ってる

ジェリクル猫は成長が遅い
ジェリクル猫は大きすぎず
ジェリクル猫はずんぐりむっくり
ガヴォットにジグ、なんでもござれの踊り上手
ジェリクル月の月の出、待って
身支度、お化粧、そのあと休憩
ジェリクル猫、耳のうしろもよく洗う
ジェリクル猫、つま先の間もよく乾かす

ジェリクル猫は白と黒
ジェリクル猫は中肉中背
ジェリクル族、操り人形のように跳躍する
ジェリクル猫の目は月光に照らされ
この一族、午前中はとても静か

この一族、午後はとても静か
舞踏の女神《テルプシコラー》の力、貯めてる
ジェリクル月の下で踊れるように

ジェリクル猫は黒と白
ジェリクル猫、くどいようだが、体は小柄
嵐の晩は踊りだす
一回、二回、ホールで跳ねまわる
お日さま明るく照ってると
なにもすることないという
ところがどっこい、さぼっちゃいない
ジェリクル月とジェリクル舞踏会を待っている

# マンゴジェリーとランペルティィーザー

マンゴジェリーとランペルティィーザー、悪名高き猫のペア
どたばたの道化、早変わりの喜劇役者、綱渡りの軽業師
これでも異名のわずかな一部、二匹のねぐらはヴィクトリア・グローヴ
ここは単なる作戦基地、二匹の放浪癖はなおらない
コーンウォール・ガーデン、ローンセストン・プレイス、ケンジントン・スクエア
二匹の悪評、ひろく立ち、コンビとしての評判、あまりある

地下勝手口の窓が開いていた
地階がまるで戦場だった
かわらが一枚、二枚はずされて
とつぜん雨が漏ってきた
寝室のたんすの引き出しが開けられ

冬用ベストが見あたらない
ウールワスで買った娘の真珠
　夕食後にどこかに消えた
そんなとき、家族みんなで言ったもの、「あのぞっとする猫のしわざ
マンゴジェリーか、ランペルティーザー」でも、たいていあきらめ気分

マンゴジェリーとランペルティーザー、弁舌の才も並はずれ
窓から忍びこむ天才、ショーウィンドウ破りの泥棒並み
ヴィクトリア・グローヴに居を構えたが、いっこう定職見つからず
口先上手で、おまわりさんを仲間につける

日曜日のディナーに家族が集合
食べたら太る御馳走、待っている
アルゼンチン風肉の大切り、ポテトに野菜
そのとき、コックさん、あらわれて
泣く泣く、口にすることは

「ディナーは明日までお待ちください
　オーヴンからお肉が消えてしまいまして、このとおりでございます」
そんなとき、家族みんなで言ったもの、「あのぞっとする猫のしわざ
マンゴジェリーか、ランペルティーザー」　でも、たいていあきらめ気分

マンゴジェリーとランペルティーザー、コンビぶりがすばらしい
運が味方するという人も、天気が味方するという人も
二匹は家を駆け抜ける、まるでハリケーン、冷静にみてもわからない
「マンゴジェリー、ランペルティーザー？　それとも両方？」

　食堂からガチャン
　地下の食料室からガラガラ
　二階の書斎からはピシッ
　明朝《みん》の時代の花瓶の割れる音
そんなとき、家族みんなで言ったもの、「こんどはどっち？
マンゴジェリー、ランペルティーザー両方だ」　二匹につける薬はなし

# オールド・デュートロノミー

オールド・デュートロノミー、長寿猫
　いくつもの猫生を続けて生きてきた御仁《ごじん》
ことわざに登場し、唄にもうたわれたのは
　ヴィクトリア女王即位のだいぶまえ
オールド・デュートロノミーは九匹の妻を看取った
　いやもっともっと、九十九匹と言いたくなる
だから子孫は繁栄し、ますますの弥栄《いやさか》
　晩年になると村の名誉、村の誇りとなった
牧師館の塀のうえ、日向ぼっこしているときの
　あの穏やかで気持ちよさそうな顔つきときたら
最長老の住民はしわがれ声でいう「えーっと
　なんだっけ、そうだな、いやちがう、いやそうだ

そうだ、そう
おや
少々ボケてはきたが、そうに違いない
オールド・デュートロノミーだ」

オールド・デュートロノミー、道に陣取る
ハイ・ストリートに市《いち》が立つ日に
雌牛はモーと鳴き、羊はメーと鳴く
犬と飼い主、すかさず、家畜を追い払う
車やトラック、よけて歩道に乗り上げる
村人ときたら、「通行止」の看板まで立てる
だからどんな不都合もへっちゃら
デュトロノミーは休みたいときに休む
家事の心配も、やりたいときにやる
最長老の住民はしわがれ声でいう「えーっと
なんだっけ、そうだな、いやちがう、いやそうだ

そうだ、そう
おや
眼も悪くなったな、でも思うに
この騒ぎはオールド・デュートロノミーのせいのよう」

オールド・デュートロノミー、昼寝をはじめる
フォックス・アンド・ホルン軒の床のうえ
そんなとき、「もう一杯行くとするか」と男たち
女主人が店の奥から覗いて言うことは
「さあ、おひらき、おひらき、裏口から出てちょうだい
オールド・デュートロノミーを起こしちゃだめよ
騒いだら、おまわりさんを呼ぶからね」
男たち、いやいや出ていく、なにも言わずに
猫族の食道楽の消化のための睡眠だけは
なにがなんでもやぶってはならぬ
最長老の住民はしわがれ声でいう「えーっと

なんだっけ、そうだな、いやちがう、いやそうだ
そうだ、そう
おや
脚もよわってきた、気をつけて歩くとしよう
オールド・デュートロノミーの邪魔はすまい」

# ペキニーズ族とポリクル族、大乱闘の巻

パグ族とポメラニアン族の
参戦についての
じゃっかんの説明と
グレート・ランプスキャットの仲裁

ペキニーズ族とポリクル族、周知のごとく
鼻柱が強い、手に負えない宿敵同士
洋の東西、どこでも同じ
パグ族とポメラニアン族、争いごとはきらい
それがもっぱら評判だけど、めったにないが
ときおり騒ぎに参戦する
そして、その二種は

ウーッ、ワン、ワン、ワン
ウーッ、ワン、ワン、ワン
やがて吠え声は公園一帯に響きわたる

さて、くだんの事件を話すとしよう
そのときはほぼ一週間、大ごともなく平穏無事
(どのポリクル、どのペキニーズもじっとよく耐えていた)
おっきな警察犬、巡回区域にいなかった
理由は不明、とはいえ噂はこうだった
のどが渇いてウェリントン・アームズ軒に雲隠れ
通りを歩くものなどなし
そんなとき、一匹のペキニーズと一匹のポリクルが鉢合わせ
前進せず、そうかといって後退せず
にらみあう、後ろ足、じりじり摺り足になる
そして始まる
ウーッ、ワン、ワン、ワン

ウーッ、ワン、ワン、ワン
やがて吠え声は公園一帯に響きわたる

さてペキニーズ族、人が好き勝手を言おうとも
英国犬でなく、中国の異教徒
ペキニーズ族は結束する　騒ぎを聞くや
ある者は窓辺に、ある者は玄関に
その数、十二匹、いやもっと二十匹近くはいたはずだ
いっせいに唸る、吠える、ウーッ、ガァーッ
チンプンカンプン、わけのわからぬ中国語
その声聴けば、ポリクル族だって黙っちゃおれぬ
ポリクル族こそ、屈強なヨークシャーのやくざ犬
いとこの立派なスコットランド犬もひとたび噛んだら離さない
雄犬ときたら名うての喧嘩犬
だから出陣は盛大で、バグパイパーが整列し
演奏するは「青い帽子が国境を越え」

するとパグ族、ポメラニアン族、指をくわえてはいられない
バルコニーから、屋根から
各持ち場から
騒ぎに
加勢

　　ウーッ、ワン、ワン、ワン
　ウーッ、ワン、ワン、ワン
やがて吠え声は公園一帯に響きわたる

おそれ知らずのつわものどもが集まった
交通は麻痺、地下鉄は振動
隣り近所はびくびく、おそれをなして
消防署へと電話をかける
と、突然、小さな地階のアパートから
大手を振って登場するは偉大なけんか猫《グレート・ランパスキャット》
眼ときたら火の玉のよう、はげしく炎をあげている

おおきなあくび、顎の大きさ、このうえない
地下勝手口の柵から外を見わたすと
こんな獣《けだもの》みたことない、獰猛そのもの、危険そのもの
その眼つき、その大きな口を目にしただけで
ペキニーズ族、ポリクル族は怖気づく
「けんか猫」が空をながめ、おおきく跳ねるや
一匹残らず雲散に霧消、その姿は羊のよう

警察犬は持ち場にもどる
通りにはだれもいなかった

# ミスター・ミストフェリーズ

待ってました、ミスター・ミストフェリーズ
奇術師猫の元祖が登場
（これについては一点の曇りなし）
からかっちゃダメだよ、はなしを聞いてほしい
くり出す技は猫の手を借りない
すべて自力、こんな猫は都会にいない
すべての技に特許をもつ
あっとおどろく奇術にも
常軌を逸する目くらまし
　手先の早業
　　手品、品玉
ネタをあばこうとも

またださされる
天下一の奇術師ですら学んでほしい
あのミスター・ミストフェリーズの早業、神業
それっ！
さあ、いくぞ！
全員：おお！
はじめてだ！
あんな猫が
かつていたか
奇術師猫のミスター・ミストフェリーズ

もの静かで体は小さく
全身黒く、耳も黒けりゃ、しっぽも黒い
せまい隙間もくぐるよ、へっちゃら
せまい手すりもあるくよ、へっちゃら
どんなカードも思いのままで

さいころさばきもお手並みあざやか
いつもだまされ、信じてしまう
かれは鼠を探しているんだと
　コルク用いる奇術が得意
　　スプーン、魚のペースト、なんでもござれ
ナイフやフォークがなくなって
　どこかに置き忘れたかと考える
見つかったと思いきや、なくなっている
しかし翌週、並んでいるよ、芝生のうえ
　全員：おお！
　　はじめてだ！
　　あんな猫が
　　かつていたか
　　　奇術師猫のミスター・ミストフェリーズ
物腰はどっちつかずで、無関心

こんな恥ずかしがり屋はまずいない
暖炉のそばで丸くなり
そのじつ、声が聞こえる、屋根のうえから
屋根にいるはずなのに
そのじつ、声が聞こえる、暖炉のそばで
（とにかく、みんな、ゴロゴロ声を耳にした）
それこそ証拠、議論の余地はない
　天下無双の魔術の力
　　あるとき、家族は探して呼んだ
　　　庭から入れと数時間
そのじつ、ホールで眠ってた
そしてついこないだは、この驚くべき猫君は
七匹の子猫、帽子から出した
　　全員：おお！
　　　はじめてだ！
　　　　あんな猫が

かつていたか
奇術師猫のミスター・ミストフェリーズ

# 不思議猫マキャヴィティ

マキャヴィティは不思議猫、異名は「ドロン猫」
法をものともしない大犯罪者
ロンドン警視庁はだまされ、特別機動隊は失望する
犯罪現場に直行しても、マキャヴィティは雲隠れ

マキャヴィティ、マキャヴィティ、マキャヴィティは唯一無二
人間の法律すべてをやぶり、重力の法則さえやぶる
空中浮遊の能力はヒンズー行者も目を瞠《みは》る
犯罪現場に直行しても、マキャヴィティは雲隠れ
地下をさがせ、空中をさがせ
またしても、マキャヴィティは雲隠れ

マキャヴィティは赤毛猫、背丈は図抜けて痩せている
会えば一目でかれとわかる、くぼんだ目
深く皺のよった額、頭は丸くドーム型
手入れをしない汚れた毛皮、ひげはボサボサもつれてる
左右に頭振るその姿、それはまるで蛇のよう
眠っているかと思いきや、油断も隙もありやせぬ

マキャヴィティ、マキャヴィティ、マキャヴィティは唯一無二
猫の姿をした悪魔、悪行の化け物
裏通りに出没、広場に出没
たとえ犯罪発覚しても、マキャヴィティは雲隠れ

一見、見た目は礼儀正しい（カードでズルをするけれど）
その足跡は警視庁のファイルになし
とはいえ、食糧庫は略奪され、宝石箱は荒らされ
牛乳は紛失し、ペキニーズが窒息死

温室のガラス、破壊され、格子の垣根が荒らされる
あら、不思議、マキャヴィティは雲隠れ

外務省で条約書が紛失
海事裁判所で未完の計画書と図面が消失
紙の切れ端、玄関や階段にあるかもしれぬ
調査しても無駄な骨折り、マキャヴィティは雲隠れ
紛失、公開される段になり、情報機関が言うことは
「犯人はマキャヴィティ」、しかしかれはとっくにドロン
一マイル先で休息中、あるいは、指をなめている
厄介な桁の多い割り算に夢中かもしれぬ

マキャヴィティ、マキャヴィティ、マキャヴィティは唯一無二
人をだますのに、ものやわらかで
いつもアリバイ、ひとつやふたつ
いつ事が起こっても、マキャヴィティは雲隠れ

噂によると、名うての悪行猫はほかにもいる
(たとえばマンゴジェリー、たとえばグリドルボウン)
とはいえ、これらは単なる手先
陰で操る猫がいる、それは犯罪界のナポレオン

# 役者猫ガス

ガスは劇場の入口にいる猫
まず言うべきことはかれの名前
ほんとうの名はアスパラガス　発音すると
イライラする　だからみんなはガスと呼ぶ
毛皮はボロボロ、やせこけて骨と皮ばかり
中風持ちで、前足がくがく震えている
でも若いときは、猫界きっての美男子だった
いまじゃ、どんな鼠もこわがらない
すっかり変わり、昔日の面影ひとつもない
あのころは、おれはとても有名だった、とかれは言う
クラブで友人と落ちあって
（劇場隣り、パブのうしろが寄り合い場）

おごってもらえば大盤振る舞い
全盛時代の話でもてなす
かれはスター中のスター
かのアーヴィング、かのトゥリィーとも共演果たし
話の十八番《おはこ》はホールズでの成功話
キャット・コールを七回受けた
しかし、一番の名演技は、とかれは言う
ファイアーフローリフィドル、すなわち荒野の悪魔

かれ曰く、できる役は何でもやった
台詞なら七十くらいは暗記したもの
受け答えは当意即妙、ギャグも入れ
猫を鞄から出す芸もやった
背中やしっぽ、芸ならなんでもお手のもの
一時間、リハーサルすればおぼえちゃう
この美声、固い心をやわらげた

主役、脇役、なんでもござれ
ふびんなネルの枕もとに座ったこともある
弔いの鐘が鳴り、鐘につかまり揺れていた
パントマイムの季節も成功、失敗したことはなし
ディック・ホィッティントン、市長の猫の代役もこなした
しかし、一番の名演技は、きっと歴史が証明する
ファイアーフローリフィドル、すなわち荒野の悪魔

ジンを一杯、ごちそうすれば、口はますます回ってくる
『イースト・リン』が十八番
シェイクスピアのお芝居で、猫の登場求められ
すぐさまその端役を演じた
虎の役もやった、もう一回、やりたいもの
インドの大佐に溝を追いかけられる役回り
かれは思う、いまだって、おれがやれば一番さ
幽霊をおびき出す身の毛のよだつ音だって出せる

舞台を横切る電線つたわり
火事現場からこどもを救った
しみじみとかれが言うことは「いいかい、いまの役者はひよっこさ
ヴィクトリア朝時代に仕込まれたぼくたちとはちがう
まともな一座で稽古を積んだことがない
でも自分ではいっぱしだと高《たか》をくくる、輪くぐりが精いっぱい」
体を足で掻きながら、言うだろう
「劇場というところが変わった、昔とはちがう
現代の出し物も悪いわけじゃない
でも噂では、ダントツの一番は
　　おれの歴史的舞台
　あの絶妙の演技
ファイアーフローリフィドル、すなわち荒野の悪魔」

# 町の道楽猫バストファー・ジョーンズ

バストファー・ジョーンズ、やせてはいない
それどころか、だれが見ても肥満
クラブの常連、八つや九つ、パブなんかは目ではない
なにしろセント・ジェイムズ・ストリートの猫
通りを闊歩、われわれ一同は挨拶
羽織るのはこだわりの黒の外套
鼠捕りとはわけがちがう、ズボンは仕立て良し
うしろみごろは完璧
セント・ジェイムズひろしと言えど
この猫こそ一番の伊達猫
白いゲートルのバストファー・ジョーンズが
会釈する、お辞儀する、されただれもが自慢の種

シニア・エデュケイショナルに顔を出す
ほんのたまに、そして、ほかにも所属
クラブのふたまた規則違反、そんなことなどどこ吹く風
ジョイント・スーペリア・スクールズにも顔を出す
みつまた、よつまた、クラブをはしご
狩猟の季節になると、フォックスでなくブリンプスへ
ステージ・アンド・スクリーンでも陽気に過ごす
そこはといえば、巻貝と海老で有名なクラブ
鹿の季節はポットハンター
美味な骨肉、祝福宣《のたま》う
正午ぎりぎりに滑り込んで
軽く一杯、ドローンズで
忙しいときはカレーをえらぶ
シャムか、グラットンがひいきのお店
元気がないとき、ツームで昼食

キャベツ、ライスプディング、羊肉

バストファーの一日、こんな具合
こちらのクラブ、あちらのクラブ
まるまる太るのあたりまえ
ちっとも不思議なことではない
巨漢のかれは二十五ポンド《パウンダー》（こちらときたら無礼者《バウンダー》）
日に日に目方がふえている
それでも容色おとろえない
なぜなら生活、秩序ただしい
「天寿を全うする」と俗に言う
この肥満猫にこそふさわしい
ペル・メル街に春は続く
白いゲートル、バストファー・ジョーンズが闊歩する限り

# 鉄道猫スキンブルシャンクス

十一時三十九分、夜行郵便列車、出発間際
どこからかささやき声
「スキンブルはどこ、スキンブルは指ぬき《シンブル》探しか
かれを見つけろ、でないと列車は出発できない」
車掌、赤帽、駅長の娘、みんなそれぞれ
探し回る、あらゆるところ手あたり次第
「スキンブルはどこ、かれがてきぱき《ニンブル》しないと
夜行郵便列車は出発できない」
十一時四十二分、定刻過ぎた
乗客たちは乗務員に食ってかかる
やっとこさスキンブル登場、後部車両にゆったり乗車
手荷物車で手間取って

ガラスのような緑の瞳、きらりと輝き
「発車オーライ」のシグナルやっと
これでようやくわれわれも北半球の
　北部を目ざして出発進行

寝台車急行
そうですとも、この責任者がスキンブル
運転手、車掌、カードに興ずる旅商人
みんながかれの担当だ
一等車から三等車、通路をわたって
調べてまわる、顔、顔、顔
見回りは規則的、すみずみ気をつけ目を配る
なにが起きても、すぐにわかる
まばたきせずにお客を注視、考えごとはお見通し
悪ふざけ、浮かれ騒ぎはご法度で
スキンブル、あちらこちらと巡回すると

一同、静粛、この上なし
　スキンブルシャンクスをからかってはダメ
　知らないふりなどできやせぬ
　スキンブルシャンクス、同乗すれば
　　北部郵便列車は順調、快調

寝台個室、ドアに自分の名前が用意
それはとっても心地よい
寝台は清潔そのもの、シーツも敷きたて
床もきれいで塵ひとつなし
明るさは自由自在、暗くしたり、明るくしたり
つまみをひねると風が入る
おかしいほど小さな洗面台があって、それで洗顔すればよい
くしゃみのときはクランク回して窓を閉め
やがて車掌は丁重に、明るい声で尋ねてくる
「モーニング・ティー、濃い目と薄め、どちらにします」

スキンブルはすぐうしろ、落ち度がないよう控えてる
何ごとにもぬかりなく、それがスキンブルの信条さ
　ふかふか布団にもぐりこみ
　　掛け布団を引っぱって
鼠の心配ないとわかれば
これはありがたいと思うべき
万事、鉄道猫におまかせだ
　鉄道列車のあの猫に

夜の見回り、きびきび、しゃきしゃき、いつものこと
ときどき紅茶をいただいて、それはおそらくスコッチ入り
そして夜回り、目を光らせる
あちらこちらで立ち止まり、ノミ退治も忘れない
クルーに着くころ、熟睡中、だから気づくこともない
かれが駅を行ったり、来たり
カーライルでも忙しい、お客はここでも睡眠中

かれは上機嫌に駅長にあいさつ
ダンフリースでは警察呼んで
なにかがあれば、まずは警察
ギャロウゲイトに到着すると、待つことなしに細かい対応
スキンブルシャンクスが降車のお手伝い
　茶色のしっぽを振って言う
　　またのご利用、お待ちします
夜行列車メイル号、かならず会える
　鉄道列車のあの猫君に

# 猫に話しかける

猫の詩集の読者諸君
わたしの意見はこうである
猫の性格を理解するには
解説者は不要
じゅうぶん学んだ読者はわかる
猫というもの、あなたやわたしに似ている
さまざま、心のタイプをもっている
そのへんにいる人にも似ている
正気もいれば、狂気もいる
いいもいれば、わるいもいる
あるものはよりいいし、あるものはよりわるい
そして、猫はみんな詩になりうる

仕事中のもいたし、遊んでいるのもいた
名前もそれぞれおぼえてきた
癖も住まいもそれぞれおぼえた
さてと

　どうやって猫に呼びかけようか？

まずは、思い起こしてもらおう
いいかな、「猫は犬ではない」

犬というのは喧嘩好きをよそおう
吠えてばかりで、めったに噛まない
犬というのは、たいがいは
いわゆる単細胞
ペキニーズやほかの変わり種は
例外だけど
わたしが言うのはふだん街で見かける犬

道化者になりがちで
やたらと見栄っ張り
そうしないと威厳が保てない
犬をだますのはいともかんたん
顎の下をくすぐるだけ
背中をたたき、前足で「お手」の握手
それだけではしゃいで、大喜び
犬というのはのんきなやから
呼びかけても、叫んでも答えてくる

また、思い起こしてもらおう
犬は犬、猫は猫

猫については原則があるという
「話しかけられるまで話しかけない」
わたし自身は意見がちがう

こう言おう、猫に話しかけるべきだ、と
でも、これだけは忘れないこと
猫は馴れ馴れしいのが大きらい
わたしは帽子をとって、お辞儀して
「やあ、猫くん」と話しかける
隣りの猫の場合
昔からのなじみなので
(わがアパートをおとずれる)
こうあいさつする、「おっと失礼、猫くん」
名前はたしかジェイムズ
でも、名を呼ぶ関係まで行っていない

猫がへりくだって
きみを信頼すべき友とみなすこともある
その前に段取りが必要
皿に入ったクリームが必要

ときどきはあげているかもしれぬ
キャビア、ストラスブールパイ
缶詰のライチョウの肉、鮭のペースト
猫には好みというものがある
(とある猫を知っている
ウサギ以外は食べず
食べ終わると前足についたオニオンソースを
きれいになめる)
猫には権利がある
敬意をさまざま示さねばならぬ
目的達成には時間がかかる
やっとこ名前で呼ぶことができる

これはこれ、あれはあれ
こんなふうに猫に話しかけるのさ

# キャット・モーガンの自己紹介

オレはむかし海賊で、外海を航海したものさ
　いまじゃ引退して、コミッショネアってのをやっている
要するに守衛さ、気楽にやっているよ
　ブルームズベリー・スクエアに来てみなよ

ヤマウズラには目がねえ、ライチョウも好きだ
　好物といったら濃厚なデボンシャー・クリームさ
いまは店のおごりで一杯いただいて上機嫌
　近所をまわって、ちょっとばかり魚もいただく

オレはハイカラじゃない、作法もぞんざい
　でも毛並みはいいぞ、毛づくろいはしている

そして、みんなが言う、オレにとっちゃありがたいことばさ
「モーガンならきっと好きになるさ、気のいいやつだ」

オレはバーバリ海岸で荒くれだった
声はつぶれて、甘ったるい声は出ねえ
でも、これだけは言える、自慢じゃねえが
娘っ子のなかにはこのモーガンさまにぞっこんなのがいるんだ

フェイバーまたはフェイバー社に用があるなら
いいこと教えてやるよ、おぼえておけよ
つまりだな、守衛の猫と仲よくなるんだ
時間ばかりか、手間もはぶけるってことよ

モーガン

# 訳者あとがき

ダウニング街10番地と言えば、英国の首相官邸を指すが、そこに住みついているラリーという猫をご存じだろうか？　Larry the Cat @Number10cat というツィッターのアカウントも持っていて、それによると「14歳のぶち猫」のラリーは内閣では「ネズミ捕り長官」を務め、その任に当たり「10年、さらに更新中」とある。また、「英国のどの政党の党首よりも長くその地位にある」と続き、最後に「非公認」というオチがつく。

ラリーは4歳のとき、動物愛護施設から首相官邸に連れてこられ、以来、デイヴィッド・キャメロン、テレーザ・メイ、ボリス・ジョンソン、リズ・トラス、リシ・スナクと、歴代の首相に仕えているという。

われわれはこうした話題を耳にすると、いかにも「英国的」とか、「西欧風ユーモア」などといった印象を抱く。本作品もこうした精神ないし想像力に連なるものであり、詩人エリオットなら「ラリー、首相官邸猫」とでも題した詩を書けるだろう。

人間と猫のつきあいは長く、モノの本によると、猫は五〇〇〇年前から飼われているという。猫は時代と場所に応じて、人間とさまざまな関係を結んできた。神として崇拝され、はては、化け猫としておそれられる。猫が登場する文学作品も多く、わが国では夏目漱石の『吾輩は猫である』、内田百閒の『ノラや』、萩原朔太郎の『猫町』などを思い出すかもしれない。あるいは、時代をさかのぼり江戸時代に書かれた山東京山（戯作者山東京伝の実弟）の『朧月猫の草紙』を挙げる人もいるだろう。

また、英語圏の文学作品ならエドガー・アラン・ポーの「黒猫」やポール・ギャリコの『ジェニィ』などが思い起こされる。現在、本作品も代表的な「猫文学」とみなされているが、作風やスタイルは、英語圏のユーモアやナンセンス文学に連なるもので、マザー・グース、ルイス・キャロル、エドワード・リアなどの系譜に属すと言えるだろう。

さて、本書はT・S・エリオット作、*Old Possum's Book of Practical Cats* の全訳である。底本としたテキストはニコラス・ベントリーが絵を添え、一九七四年以来、*The Illustrated Old Possum* と呼ばれている版である。

本作品はミュージカル『キャッツ』の原作として広く知られている。作者エリオットについても多言を要すまい。古今東西の文学作品を本歌としつつ第一次世界大戦後のヨーロッパ社会の荒廃し、救いのない世界を、自分自身の生活や個人的感情と交叉させて描いた『荒地』（一九二二年）の詩人であり、詩人とは個性を発揮するのでなく、むしろ自己を滅却し、自己を犠牲にすることでホメーロス以来の文学伝統にくみすべきであるという伝統論を唱えた文芸批評家でもある。一八八八年、アメリカのセントルイスに生まれ、ハーバード、フランスのソルボンヌで学び、その後、ロンドンに渡り、モダニズムを代表する文人として活躍した。一九四八年にはノーベル文学賞を受賞する。

片やヨーロッパの伝統を擁護し、シリアスな現代詩を書き、片や本作品のような、ユーモアあふれるナンセンス詩を書く。エリオットは、英国の後輩詩人W・H・オーデンが言うように、ふたつの顔をもつ——「批評家エリオットのなかには、人間エリオットにおけると同様、良心的な教区委員のようなところが多くみられることはたしかであるが、いっぽうでまじめすぎるお偉方に爆発する葉巻や座るとオナラの音がするクッションをしかけて驚かすのが好きな12歳の少年のようなところがある」。熱心なキリスト者で地域のために尽力する「良心的な教区委員」といたずら好きな「12歳の少年」がエリオットの中に同居している。

ここで本作品の出版の経緯について簡単に述べよう。最初は一九三九年、現在と同じくロンドンのフェイバー・アンド・フェイバー社から出版された。ただし、この版には現行の版の最後の詩、すなわち、フェイバー社の看板猫についての詩がふくまれていない（この詩の収録は一九五三年）。また、初版には挿絵も、そして献辞もなかった。ただし、絵はあり、なんと作者エリオットの絵が表紙に使われた。エリオットの分身とも言うべき初老の紳士（後述するが、「オールド・ポッサム」）が塀の上から顔を出し、はしごを登る猫をつぎつぎに迎え入れるという、なんともかわいらしい絵である。挿絵版は翌一九四〇年に出版され、ニコラス・ベントリーが担当した。ほかにエドワード・ゴーリー、レベッカ・アッシュダウン、アクセル・シェフラーなどのものがある。

わが国でも多くの翻訳によって親しまれている。わたしの知りうるかぎりでは、二宮尊道、北村太郎、柳瀬尚紀、池田雅之、小山太一による各種、翻訳がある。また、全篇ではないが、北村太郎と同じく荒地派の詩人、田村隆一の翻訳も数点、出版されている。そして、挿画版では佐野洋子のものが『ふしぎ猫マキャヴィティ』（北村太郎訳）というタイトルで出版された。

つぎにミュージカル『キャッツ』についてである。これは作曲家のアンドルー・ロイド・ウェバーがエリオットの詩に曲をつけたものである。初演がロンドンで一九八一年、ニューヨークで一九八二年、そして東京では一九八三年、劇団四季によって行われた。以来、それぞれロングランが続いている。余談であるが、劇団四季は設立当初、劇団名を「劇団荒地」とするつもりだったというから、エリオットとは浅からぬ縁があったと言えよう。

このようにミュージカルの上演は一九八一年以降であり、当然ながら、一九六五年に逝去した作者エリオットは知るよしもない。そもそも彼はミュージカル仕立てに作品を書いたわけではない。また、ウェバーはすべての詩に曲をつけたわけではない。したがって、厳密な意味においては本作が『キャッツ』の原作とは言えない。また、ミュージカルを代表する曲「メモリー」という詩はなく、それを歌うグリザベラという猫も原作には登場しない。「娼婦猫グリザベラ」というエリオットの手になる未完の詩が残り、その代表曲は作詞家のトレヴァー・ナンが言葉を補って完成したものであるという。

その点、本作品と『キャッツ』は切り離して考えたほうがいい。『キャッツ』は原作を忠実に再現したものでなく、翻案である。とはいえ、両者には深いつながりがあることは事実であり、エリオットの詩が時代ばかりでなく、ジャンルを越えて生き続けている点こそ強調されるべきだろう。

最後にタイトルについて述べたい。原題は*Old Possum's Book of Practical Cats*という。Old Possum's Bookとは「オールド・ポッサムの手になる本」という意味であり、「オールド・ポッサム」とは、エリオットと同じくアメリカ生まれの詩人、エズラ・パウンドがエリオットにつけたあだ名である。「ポッサムおじさん」とでも訳せようが、本書に登場する「オールド・ガンビー」、「オールド・デュートロノミー」と同様、「オールド」はそのままにした。

ポッサムとはオポッサムとも呼ばれるフクロネズミのことである。辞書を引くとplay possum（フクロネズミのまねをする）という表現があり、「知らないふりをする」、「猫をかぶる」、「タヌキ寝入りをする」という意味である。さらに「フクロネズミは攻撃されると死んだふりをするといわれることから生まれた熟語だが、実際のフクロネズミは死んだふりをすることはない」と但し書きがある（『アンカーコズミカ英和辞典』学研プラス、二〇〇八年）。

つぎにpractical catsのpracticalであるが、これは「実用的な」「実際的な」「現実的な」というのが辞書の一般的な定義である。意訳すると「注意深く、抜け目がない」ということであり、ときには「ちゃっかりした」「しっかりした」という意味にもなりうる。そこで「抜け目なき猫たち」とした。

本書を読むのに理屈は要らない。ユーモアやナンセンスを味わいながら、それぞれの猫の詩を楽しめばいい。そうしていると、知らぬ間に猫の世界に身を置き、いっとき、人間であることを忘れるかもしれない。それがエリオットの詩才ゆえに作られた詩の次元、詩という空間だと思う。いずれにせよ、身近にいてふだん目にする猫たちが、オールド・ポッサムの手にかかると、かくも変貌するものかと驚く。

二〇二三年一月二五日

佐藤亨

## T.S.エリオット　Thomas Stearns Eliot

1888年、アメリカのミズーリ州セントルイス生まれ。1927年、英国に帰化。1922年、代表作の長詩『荒地』を発表。1925年、勤め先をフェイバー・アンド・フェイバー社の編集部に転ずる。その後も『灰の水曜日』(1930年)、『四つの四重奏』(1943年)等の詩集を出版。文芸批評家としても影響を与えた。1948年、メリット勲位を授与される。同年、ノーベル文学賞受賞。1955年、ハンザ同盟ゲーテ賞受賞。1965年、ロンドンにて死去。

## 宇野亞喜良　Akira Uno

1934年、名古屋市生まれ。名古屋市立工芸高校図案科卒業。日本デザインセンター、スタジオ・イルフィルを経てフリー。日宣美特選、日宣美会員賞、講談社出版文化賞さしえ賞、サンリオ美術賞、赤い鳥挿絵賞、日本絵本賞、全広連日本宣伝賞山名賞、読売演劇大賞選考委員特別賞等を受賞。1999年紫綬褒章。2010年旭日小綬章受章。主な作品集に『MONO AQUIRAX＋――宇野亞喜良モノクローム作品集』、『宇野亞喜良60年代ポスター集』、『宇野亞喜良AQUIRAX WORKS』、『宇野亞喜良クロニクル』、『宇野亞喜良ファンタジー挿絵の世界』、『宇野亞喜良画集 Kaleidoscope (カレイドスコープ)』等。絵本に『あのこ』(今江祥智・文)、『白猫亭 追憶の多い料理店』、『上海異人娼館』(寺山修司・原作)、『おおきなひとみ』(谷川俊太郎・詩)等がある。

## 佐藤 亨　Toru Sato

1958年、一関市生まれ。青山学院大学教授。日本アイルランド協会会長(2018年度より)。日本T.S.エリオット協会会長(2020年度より)。主な著書に『異邦のふるさと「アイルランド」――国境を越えて』、『北アイルランドとミューラル』、『北アイルランドのインターフェイス』、『北アイルランドを目撃する』、『アウラ草紙』、『ポッサムに贈る13のトリビュート――T.S.エリオット論集』(共編著)、『モダンにしてアンチモダン――T.S.エリオットの肖像』(共編著)、『四月はいちばん残酷な月――T.S.エリオット『荒地』発表100周年記念論集』(共編著)、主な翻訳にシェイマス・ヒーニー『プリオキュペイションズ――散文選集1968–1978』(共訳)、シェイマス・ディーン『アイルランド文学小史』(共訳)等がある。

オールド・ポッサムの抜け目なき猫たちの詩集

2023年5月22日　初版発行
2023年8月8日　2刷発行

著者：T.S. エリオット
画家：宇野亞喜良
訳者：佐藤 亨
発行元：球形工房
〒151-0053　東京都渋谷区代々木2-23-1
ニューステイトメナー 1215
電話 03-5388-6607　FAX 03-5388-6609
印刷所：精興社
デザイン：佐野裕哉

ISBN978-4-9912228-2-5 C0098
Printed in Japan